AF396300

EXTRAIT DE LA REVUE DES DEUX MONDES,
LIVRAISON DU 1ᵉʳ FÉVRIER 1833.

DE LA LANGUE

ET

DE LA LITTÉRATURE SANSCRITE.

Discours d'Ouverture,

PRONONCÉ AU COLLÈGE DE FRANCE.

MESSIEURS,

En paraissant pour la première fois dans cette chaire, le devoir que j'éprouve le plus d'empressement à remplir, c'est d'adresser à la mémoire du savant professeur pour qui elle fut créée, il y a dix-huit ans, l'hommage sincère de ma reconnaissance. Je dois moins que personne oublier que si, par des efforts de travail dont on ne tient pas assez compte lorsqu'ils sont une fois couronnés de succès, M. Chézy n'eût fondé en France l'étude de la langue sanscrite, nous ignorerions peut-être encore les premiers élémens de cet idiome, ou nous serions obligés d'en puiser exclusivement la connaissance dans les ouvrages des savans anglais et allemands. Le premier sur le continent, M. Chézy a su, seul et presque sans se-

cours, acquérir l'intelligence du sanscrit; le premier, il l'a professé
dans cette chaire; et quoique l'étude de cette langue ait, dans ces
dernières années, pris des développemens plus considérables en
Allemagne qu'en France, M. Chézy, outre le mérite d'avoir assuré
à notre pays une honorable priorité, a encore celui d'avoir éclairé
de ses conseils, sinon de ses leçons, les premiers pas des hommes
célèbres qui l'ont presque popularisée chez nos voisins. Près de
vingt années d'un travail constant lui avaient rendu familier cet
idiome, jusqu'alors ignoré; il le savait comme on sait ce qu'on a
été obligé d'apprendre seul. A une grande aptitude pour les langues, M. Chézy joignait une finesse et une pénétration qui lui as-
suraient des succès faciles là où d'autres n'eussent rencontré que
des obstacles insurmontables. L'habitude qu'il avait de lutter
contre les difficultés que présente en général l'étude des langues
de l'Orient, lui faisait rechercher toutes les occasions d'exercer la
rare sagacité de son esprit; et on peut dire que les efforts qu'il dut
faire pour avancer dans cette route pénible, décidèrent, autant que
son goût particulier, de la prédilection qu'il ne cessa de montrer
pour ce que la poésie indienne a produit de plus raffiné et de plus
ingénieux. Rien, dans cette partie de la littérature brahmanique,
ne lui était resté inconnu; il avait lu tout ce qu'en possède la Bi-
bliothèque du Roi, et ces lectures, en augmentant son habileté
dans l'intelligence des textes, avaient achevé de développer en lui
le sentiment des beautés poétiques, et lui en avaient rendu l'expression si familière, que l'imagination semblait y avoir autant de
part que l'érudition elle-même. C'est à l'heureuse alliance de ces
mérites, qu'on est accoutumé de regarder comme inconciliables,
qu'est due la belle édition du drame indien de *Shakountala;* et on
a droit de penser que, sans le fléau qui a si cruellement frappé les
orientalistes français, ces mêmes mérites nous eussent valu d'autres
ouvrages, faits pour ajouter moins à la réputation de M. Chézy
qu'à notre instruction et à nos plaisirs.

Si je viens, après un maître qui savait répandre tant d'agrémens
sur l'étude du sanscrit, vous entretenir du même sujet, j'ai besoin
de compter sur l'intérêt croissant qu'excitent, depuis le commencement de notre siècle, les questions qui se rattachent à la langue,
à la philosophie et à la religion de l'Inde ancienne et moderne.

Née d'hier, l'étude du sanscrit a déjà pris le premier rang parmi les objets les plus dignes de l'attention du philosophe et de l'historien; et cet avantage, elle le doit moins à sa nouveauté même, qu'au nombre et à l'importance des problèmes qu'elle fait naître. De quelle surprise n'eût pas été frappé Leibnitz, qui, avec l'instinct du génie, devinait, il y a cent vingt ans, la parenté commune des dialectes de l'Europe, et cherchait à en retrouver le berceau en Asie, si on lui eût montré qu'au-delà de l'Indus s'était conservée une langue d'une structure admirable, riche en productions litté-raires de tous genres, et qui présentait les analogies les plus frap-pantes avec le grec, le latin et les dialectes germaniques et slaves! Cette langue, les Anglais nous l'ont fait connaître : c'est le sanscrit des Brahmanes. Les liens de parenté qui l'unissent aux idiomes de l'Europe savante sont incontestables, et ce résultat, le plus singu-lier de ceux qu'ait obtenus de nos jours la philologie, est aussi le plus évidemment démontré.

Vous pressentez déjà quelle immense carrière ce fait inattendu ouvre aux spéculations ethnographiques et historiques. Non-seu-lement la découverte de l'affinité du sanscrit avec le grec, le latin, le slave et le celtique, a introduit un principe nouveau dans la clas-sification des langues de l'Asie et de l'Europe, en substituant l'ob-servation des rapports réels à la divination des ressemblances ima-ginaires; elle a encore soulevé un des problèmes les plus intéressans sur lesquels la critique historique soit appelée à s'exercer. Quelles causes peuvent expliquer les rapports d'idiomes séparés les uns des autres par de si vastes espaces? Une migration puissante, par-tie des bords de l'Indus et du Gange, aurait-elle répandu sur la surface de l'Europe une langue unique, qui, soumise dès-lors à des influences diverses, se serait ainsi modifiée, et en aurait formé de nouvelles, dont les nôtres ne sont que les débris? Peut-on reconnaître par la comparaison des idiomes européens et de celui que cette migration dut apporter avec elle, les traces d'un ancien langage propre à l'Europe, et auquel la langue plus perfectionnée de l'Asie se serait mêlée? D'un autre côté, cette lan-gue, au lieu d'être la mère des dialectes européens, n'en serait-elle que la sœur, et leur origine commune devrait-elle être rapportée à un idiome inconnu, et rejetée dans un passé impénétrable, parce qu'il échappe aux souvenirs de l'histoire? Si l'on ne peut espérer que ces problèmes doivent être tous complétement résolus, on est du moins en droit d'affirmer que la connaissance du sanscrit est la seule capable de les éclaircir. D'ailleurs, quand même la question historique devrait rester à jamais insoluble, c'est déjà un fait établi que l'identité fondamentale du sanscrit, du grec et du latin; et nous pouvons ajouter que ce résultat ne peut que gagner en certitude à mesure que les comparaisons s'étendront à de nouveaux dialectes, appartenant à la même famille, et que l'analyse descendra plus avant dans les détails intimes de leur structure. Or, ce fait est en lui-même de la plus grande importance pour l'histoire de la formation des langues classiques de l'Europe. Non-seulement le sanscrit, dont l'étude a presque seule donné le jour à une des branches les plus curieuses des sciences philologiques, la grammaire comparative, reçoit du rapprochement de ces idiomes les plus vives lumières; mais la méthode analytique à laquelle l'ont soumise des hommes comme les Bopp, les Humboldt et les Schlegel, doit, si elle est appliquée aux langues anciennes, en renouveler l'étude et en replacer la partie étymologique sur une base solide.

C'est sans contredit pour l'Inde un heureux privilège, que sa langue sacrée ait l'avantage de se rattacher aux idiomes qui forment le fond de l'éducation savante de l'Occident, et de nous rappeler les procédés d'expression qui ont eu sur la civilisation de l'Europe moderne une si merveilleuse influence. Mais si l'on envisage cette langue en elle-même, et qu'on lui demande ce qu'on cherche dans l'étude de tout idiome étranger, le moyen de connaître le peuple auquel il appartient, nous ne craignons pas de l'affirmer, le sanscrit est fait pour devenir l'instrument des plus belles découvertes. Depuis près de trente ans que l'intelligence de cet idiome a révélé à l'Europe l'existence d'un monde si long-temps oublié, l'industrie des savans anglais et allemands s'est presque uniquement employée à reconnaître, plus encore qu'à résoudre, les nombreuses questions qui naissaient à la vue des institutions civiles et religieuses, des usages et des mœurs dont l'Inde leur offrait le spectacle nouveau. Chaque pas qu'on a fait dans la solution d'un problème en a presque aussitôt soulevé un autre; et les efforts même qui semblaient le plus assurés de toucher au terme, n'ont

fait que le reculer davantage. Une littérature inépuisable, une mythologie sans bornes, des sectes religieuses infiniment diverses, une
philosophie qui a touché à toutes les difficultés, une législation
aussi variée que les castes pour lesquelles elle est faite, tel est l'ensemble des documens que l'Inde nous a conservés sur son état ancien; ce sont là les matériaux à l'aide desquels l'érudition devra reconstruire l'histoire du peuple célèbre dont ils attestent le génie.

A la tête de la littérature indienne, la critique, d'accord avec la
tradition, place les Védas, que les Brahmanes regardent comme
révélés par l'Intelligence suprême. Ces livres ne sont pas encore
traduits, mais l'illustre Colebrooke en a donné une description et
une analyse savante, et M. Rosen, de courts fragmens qui doivent
être suivis de la traduction du *Rigvéda*. Déjà on a pu apprécier
l'intérêt de ces antiques compositions sous le rapport philosophique.
Jamais peut-être la pensée n'a cherché avec autant de persévérance
et d'audace, l'explication des grands problèmes qui sont depuis des
siècles en possession d'exercer l'intelligence humaine. Jamais langage plus grave et plus précis, plus souple et plus harmonieux, ne
s'est prêté à l'expression des images que l'homme invente pour dé-
crire ce qu'il ne voit pas, et pour expliquer ce qu'il ne peut comprendre. Si la nouveauté des conceptions cause parfois quelque
surprise, il faut s'en prendre à l'impuissance où est la raison humaine de franchir les bornes qui arrêtent son essor. Mais le spectacle des tentatives qu'elle fait pour les dépasser est toujours un
des plus curieux que puisse se donner le philosophe; et c'est déjà
un trait bien caractéristique dans l'histoire d'un peuple, que les
productions les plus évidemment anciennes de son génie soient
aussi celles où les raffinemens de la pensée et les inventions de l'esprit de système soient portés au plus haut degré. Je ne parle pas de
la poésie des Védas, dont nous ne possédons encore que des extraits
peu étendus. Elle est, comme toute poésie primitive, simple et élevée;
mais ce double caractère lui convient peut-être mieux qu'à celle
d'aucun autre peuple. L'homme y paraît peu, au moins dans les
seuls fragmens qu'on en connaisse encore, et le mouvement désor-
donné de ses passions n'en trouble pas la calme uniformité; mais la
nature y est chantée dans toute sa grandeur, et nous ne savons pas
que les scènes brillantes qu'elle ramène chaque jour sous les yeux

de l'homme aient jamais inspiré quelque chose de plus idéal et de plus pur que les hymnes religieux des Védas. L'homme n'est cependant pas oublié dans les autres productions de l'esprit religieux de l'Inde, et les grandes épopées qui retracent l'histoire héroïque des Brahmanes et de la caste guerrière nous le montrent au milieu d'une société qui allie aux raffinemens de la civilisation la plus avancée la naïveté des mœurs primitives. L'un de ces poèmes, le *Rámáyana*, est maintenant en partie publié, et M. de Schlegel en donne en ce moment une édition complète avec une traduction latine. L'autre, le *Mahábhárata*, a fourni à M. Bopp de Berlin le sujet des plus intéressantes publications, entre lesquelles on donne la première place au charmant épisode de Nalus. Rangés parmi les monumens de la littérature sacrée, les grands poèmes du *Rámáyana* et du *Mahábhárata* sont quelquefois placés au nombre des livres religieux et moraux appelés *Pouránas*, avec lesquels ils ont peut-être quelques points de ressemblance, mais qu'ils surpassent de beaucoup sous le rapport du mérite poétique. Les Pouranâs forment le dépôt de la mythologie populaire. S'appuyant sur les Védas dont on les prétend dérivés, ils chantent l'origine et les aventures des divinités plus matérielles, et j'oserais dire plus humaines que les dieux si simples des anciens livres. Ce sont des théogonies et des cosmogonies, à la suite desquelles est racontée l'histoire héroïque des deux dynasties glorieuses qui se sont partagé l'empire de l'Inde septentrionale, et que complète l'abrégé des devoirs religieux et moraux imposés à l'homme dans cette vie. Les Pouranâs sont comme des encyclopédies des croyances et de la science de l'Inde; et, ce qui est bien fait pour donner une idée de l'étendue et de la nouveauté de la littérature indienne, ces encyclopédies sont au nombre de dix-huit, et l'on en connaît à peine quelques fragmens.

Après les croyances, viennent les devoirs, ou plutôt, dans un pays où un principe religieux sert de fondement à la société, les devoirs ne se séparent pas des croyances, et la loi tire sa force de la religion. Le plus respecté des livres de la loi, celui de Manou, passe pour être révélé par Brahma, le créateur du monde et le dieu de la sagesse. Ce code prend l'homme au moment où il sort des mains de son auteur, et le conduit à travers toutes les périodes de son existence terrestre, jusqu'au terme le plus élevé auquel il puisse parvenir, l'affranchissement suprême et le repos au sein de Dieu; composition du plus haut intérêt, où rien de ce qui touche à la destinée de l'homme n'est omis, où tout est réglé, son avenir comme son état présent, parce que l'un est la conséquence de l'autre, et que, suivant les Brahmanes, l'homme gagne en ce monde, par ses actions, la place qu'il occupera un jour dans la série des êtres qui se succèdent sur la scène perpétuellement mobile de l'univers. A côté de la loi de Manou, les Indiens placent d'autres codes qui ne nous sont pas tous parvenus en entier, mais dont les fragmens prouvent avec quel soin les rapports des divers membres dont la société se compose avaient été fixés, et quelle importance le droit avait aux yeux des plus anciens sages; car c'est à des Brahmanes, que la tradition révère comme les premiers instituteurs de la société fondée par eux, que sont attribués ces recueils; et l'antiquité qu'on leur suppose n'est surpassée que par celle des Védas. Les ouvrages de droit ont donné naissance à une des branches les plus riches de la littérature sanscrite; et d'habiles commentateurs se sont appliqués à l'interprétation de ces monumens vénérables, et à la solution des difficultés qui résultent de l'application qu'on en fait encore aujourd'hui à un état social, semblable dans son principe à celui pour lequel ces codes ont été rédigés, mais qui a dû cependant, par le laps de temps et les secousses de nombreuses et violentes révolutions, éprouver des modifications importantes.

Si nous quittons les croyances religieuses et la législation pour jeter un regard sur les produits plus libres de l'intelligence, la philosophie et la littérature proprement dite, nous rencontrerons des compositions non moins étendues, des questions non moins curieuses, et, malgré les admirables travaux des Colebrooke et des Wilson, non moins nouvelles. La philosophie ne se sépare pas, il est vrai, de la religion avec autant de franchise dans l'Inde que dans l'Occident. A quelques exceptions près, elle repose sur la révélation, et promet à la recherche de la vérité la même récompense que la religion fait espérer à la foi. Mais, quoique enchaînée aux deux termes de son développement, la philosophie n'en traite pas moins avec liberté toutes les questions qu'embrassait, dans ses recherches, la sagesse antique. Dans le passé, l'origine du monde;

dans le présent, les facultés et les passions de l'homme; dans l'avenir, sa destinée, celle de l'univers, et par-dessus tout ses rapports avec l'Intelligence suprême d'où tout émane et où tout rentre : c'est là l'inépuisable sujet de ces profondes spéculations philosophiques, où les faits de toutes les sciences viennent se confondre, la physique et la psychologie, l'histoire naturelle et la métaphysique, mais où l'analyse moderne ne peut s'empêcher d'admirer la grandeur de la pensée et l'originalité de l'invention.

Ces habitudes méditatives, qui supposent, en même temps qu'elles développent les facultés les plus puissantes de l'intelligence, n'ont pas exclusivement occupé les sages de l'Inde, et, en les transportant dans la sphère idéale des abstractions, elles ne les ont pas laissés froids et insensibles à la vue des émotions de l'âme humaine, dont le spectacle éveille, chez tous les peuples, le sentiment de la poésie. Les Indiens ont été poètes autant que philosophes, peut-être même n'ont-ils été philosophes que parce qu'ils étaient poètes. Chez eux, toute idée s'anime des couleurs de la poésie, et tout discours y est presque un hymne. Un idiome abondant et flexible prête aux chants du poète un fonds inépuisable d'images et de formes. Dans l'expression l'éclat ou la simplicité, dans la pensée le naturel ou la grandeur, ce sont là quelques-uns des caractères de cette poésie si étincelante, dont on sent plus aisément qu'on n'en définit les beautés. Elle comprend les genres les plus variés, depuis l'expression des idées abstraites des Védas jusqu'à ces jeux d'esprit, qui auraient déjà par eux-mêmes bien peu de mérite, quand ils ne seraient pas encore la triste preuve de la décadence d'une littérature. L'épopée, le drame et l'ode y ont leur place; et le génie qui a produit tant d'ouvrages, dont quelques-uns passeront aux yeux des nations les plus polies pour des chefs-d'œuvre, en fixant d'une manière critique les lois de ces compositions diverses, a donné, en quelque sorte, un dernier témoignage de sa force, et a montré que, si un heureux instinct avait pu les faire naître, une analyse ingénieuse savait aussi les apprécier et en rendre compte.

Au milieu de si nombreuses richesses, on éprouve un regret, c'est de ne pas y trouver l'histoire de la nation dont elles feront à jamais la gloire. Nous ignorons, en effet, à peu près complétement l'histoire politique de l'Inde ancienne, et c'est comme par un acte de foi que nous croyons qu'elle est ancienne; car parmi tant d'ouvrages, fruit de l'imagination la plus poétique, des méditations les plus hardies, de la raison la plus exercée, on n'a pas encore rencontré de livres historiques, et l'on ne sait dans quelle période placer ces monumens de l'existence d'un peuple qui a gardé sur ses destinées un silence inexplicable. A ces preuves si variées et si frappantes d'une savante et longue culture, il manque la preuve même de leur ancienneté, l'indication de leur date. Le travail des siècles a pu seul accumuler l'une sur l'autre ces cosmogonies gigantesques, ces poèmes immenses, ces traités si approfondis de philosophie et de législation. Mais quand ce travail a-t-il commencé? Et cette œuvre, qui se perpétue jusque dans des temps si rapprochés de nous et presque sous nos yeux, est-elle d'hier, ou remonte-t-elle, comme le croient les Brahmanes, aux premiers âges du monde? Quand on peut se faire de pareilles questions sur l'histoire d'un peuple, tous les doutes sont permis à la critique, mais on doit convenir aussi que sa hardiesse perd beaucoup de son mérite. Le scepticisme s'est cependant attaqué à la fabuleuse histoire de l'Inde, avec autant d'ardeur que les Brahmanes mettent de sang-froid à en affirmer la certitude; et, comme leurs périodes mythologiques attribuaient à la civilisation indienne une ancienneté incroyable, on n'a pas voulu admettre qu'il y eût rien d'ancien chez eux. Parce que les Brahmanes avaient trop demandé à la crédulité facile des peuples auxquels ils ont donné des lois, la critique soupçonneuse de quelques Européens leur a tout refusé. Mais le bon sens qui fait justice des exagérations de l'esprit oriental, et qui sait y admirer encore la poésie et la hardiesse des conceptions, doit se garder des excès d'un scepticisme sans grandeur; et parce qu'il est impossible de prouver que les Védas soient sortis de la bouche de Brahma lui-même, il n'est pas permis d'affirmer qu'ils sont une œuvre récente, dénuée d'authenticité et de valeur. Qui sait, si quand la masse entière de la littérature indienne sera devenue accessible aux recherches de l'érudition, il ne sera pas possible d'y découvrir des renseignemens historiques qui permettent d'en retrouver et d'en suivre le développement? Jusqu'à cette époque, la réserve, qui en toute matière est un mérite, est ici un devoir; et ce n'est pas beaucoup exiger de la critique que de lui demander d'apprendre avant que de juger.

Pour moi, messieurs, je pense, à l'honneur de l'érudition, que les travaux des hommes savans qui ont dévoué leur vie à l'étude de l'Inde, ne seront pas stériles pour l'histoire ancienne de ce pays. J'ai l'espérance que la réunion de tant d'efforts finira quelque jour par reconstruire la plus brillante et peut-être la plus riche histoire littéraire qu'un peuple puisse offrir à la curiosité et à l'admiration de l'Europe. Sans doute, ce que nous en savons est bien peu de chose en comparaison de ce que nous n'en savons pas; mais, nous pouvons le dire avec une juste confiance, si nous ne savons pas tout encore, nous n'ignorons pas non plus absolument tout. Le but dont la possession devra récompenser nos peines se dérobe en partie à nos regards, mais nous avons la certitude qu'il n'est pas inaccessible; et déjà même nous pouvons entrevoir par quelle route il nous sera possible d'y atteindre.

Que les monumens de la littérature indienne soient tous traduits ou explorés par la critique, que les bibliothèques de l'Europe en acquièrent la collection complète, que la langue en soit aussi généralement étudiée et connue que celle de quelques autres nations cultivées de l'Asie, alors on pourra présenter le tableau de cette littérature, et faire ainsi connaître le vieux peuple, qui a su la conserver jusqu'à nous. Le manque d'ouvrages historiques laissera certainement dans ce tableau des lacunes considérables; mais les grands traits de l'histoire politique et civile de l'Inde ressortiront en partie de l'histoire des idées, et d'ailleurs la possession de la seconde consolera peut-être le philosophe de la perte de la première. Le système religieux, les traditions historiques, les lois et les usages s'éclaireront de la lumière qu'aura fait naître la comparaison suivie des productions si diverses de la littérature sanscrite. Ainsi, s'appuyant sur des documens nombreux et décisifs, l'historien reconnaîtra l'Inde antique du *Mahábhárata* et du *Rámáyana* dans l'Inde telle qu'elle nous apparaît au commencement du onzième siècle de notre ère, au temps de l'invasion musulmane. Quatorze siècles avant cette époque, il la retrouvera encore dans les descriptions qu'en rapportèrent en Grèce les compagnons d'Alexandre; et il pourra, dès-lors, affirmer

que le langage, la religion, la philosophie, en un mot que la société dont les écrits des Brahmanes sont le produit et l'image,
existait déjà, quatre siècles au moins avant notre ère, et, chose re-
marquable, que cette société ne devait pas différer beaucoup de
celle que nous voyons encore de nos jours établie dans la totalité
de l'Inde.

Au-delà de cette époque, les documens nationaux et étran-
gers laissent, il est vrai, l'historien dans une obscurité profonde. Mais ces ténèbres peuvent n'être pas tout-à-fait impénétra-
bles à la lumière de la philologie et de la critique. Ainsi l'invasion
d'Alexandre deviendrait le point fixe d'où il faudrait partir pour
remonter dans les temps antérieurs, et chercher à y découvrir,
sinon la date de la formation de la société brahmanique, au moins
la preuve de son antique existence. Il faudrait se demander si un
peuple, parvenu trois cents ans avant notre ère à un aussi haut
point de culture, n'avait pas dû auparavant traverser bien des siècles de tentatives et d'efforts; car, s'il est permis d'accorder à la vi-
vacité du génie oriental le don de se produire presque spontané-
ment, et de franchir d'un seul bond l'intervalle qui sépare l'en-
fance de l'âge mûr, on ne peut nier que les nations n'aient besoin,
pour se réunir et se fonder, des longs essais de l'expérience, et que
le développement matériel des sociétés ne soit soumis partout à
des lois à peu près invariables, et dont l'action régulière laisse en
quelque façon conjecturer le plus ou moins de durée. Il faudrait
surtout interroger la langue, cette expression d'autant plus naïve
de la pensée qu'elle est plus ancienne; rechercher si ses formes ap-
prennent quelque chose sur son âge, quelle place elle occupe dans
la famille à laquelle elle appartient; et alors la question, chan-
geant de théâtre, devrait embrasser tous les dialectes alliés au sanscrit, et se transformer en un problème de philologie comparative
et d'ethnographie. En dehors de l'Inde, un idiome ancien et encore peu connu, celui des livres de Zoroastre; dans l'Inde, deux
dialectes que l'on peut dire dérivés du sanscrit, le pali et le pra-
krit, deviendraient l'objet d'observations curieuses et de rappro-
chemens du plus grand intérêt. L'idiome ancien de la Bactriane,
le zend, semblable dans sa structure au sanscrit et aux dialectes qui
en dérivent, mais moins poli et plus rude, reporterait l'historien

à la date la plus ancienne que l'on puisse saisir dans le développement de ces belles langues. L'analyse comparée du zend et du sanscrit le ferait assister aux premiers essais de leur formation, et lui
en livrerait presque le secret. La ressemblance frappante de ces
deux idiomes le conduirait à reconnaître que les peuples qui les
ont parlés n'ont dû faire jadis qu'un seul et même peuple; et ce
fait capital, éclairant et réunissant en un faisceau des traditions
éparses et imparfaitement comprises, donnerait un haut degré de
vraisemblance à l'hypothèse qui fait descendre des contrées voisi-
nes de l'Oxus, et du versant occidental des montagnes où il prend
sa source, la colonie qui vint, dans des temps sans doute très anciens, conquérir la partie septentrionale de l'Indoustan.

Ici, messieurs, voyez quel immense horizon s'ouvrirait aux regards de l'historien, et combien la question déjà si vaste de l'origine de la civilisation indienne s'agrandirait encore. Depuis les
sommets de l'Himâlaya jusqu'à l'extrémité de la presqu'île, une
race intelligente et forte a laissé les traces profondes de sa domina-
tion. Elle a, sur tous les points de cet heureux pays, fondé des villes
et bâti des temples. Religion, art, science, tout est venu d'elle.
Elle a vécu sur cette terre féconde qu'elle a civilisée, comme si
elle y avait pris naissance. Et maintenant une hypothèse, à laquelle plus d'un fait donne quelque valeur, prétend qu'elle y est
étrangère, et que le pays, théâtre de sa merveilleuse culture, ne
lui a pas toujours appartenu! Ce peuple privilégié a-t-il trouvé
vacante la terre de l'Inde, ou l'a-t-il ravie à ses anciens possesseurs?
Et s'il ne s'y est établi que par la conquête, tout vestige des vain-
cus est-il donc complètement effacé? Loin de là, messieurs, et l'hypothèse qui attribue la civilisation de l'Inde à des conquérans venus du nord-ouest trouve ici l'appui nouveau d'un fait. Sous l'u-
nité apparente de la société indienne, l'observateur n'a pas de peine
à reconnaître la variété des élémens qui la composent. L'unité est
dans les institutions religieuses et civiles qu'une race éclairée a su
faire prévaloir; la variété est dans les tribus et presque les nations
qui ont été forcées de s'y soumettre. Ces castes rejetées aux derniers
rangs de la hiérarchie sociale, qu'est-ce autre chose que les débris
d'un peuple vaincu? La différence de leur teint, de leur langage,
de leurs mœurs mêmes, qui les distingue d'une manière si tran-

chée de la caste des Brahmanes, n'est-elle pas la preuve la plus évidente qu'elles appartiennent à une autre race? Et pour ne choisir qu'un des nombreux traits de leur originalité si marquée, comment s'expliquer la présence dans le même pays de deux systèmes de langues aussi radicalement dissemblables que le sanscrit des Brahmanes, et les dialectes qui dominent exclusivement dans le sud de l'Inde? Si ces dialectes étaient le produit d'une de ces altérations auxquelles nous savons que le sanscrit n'a pas plus échappé que toute langue qui a long-temps vécu, sans doute, il faudrait reconnaître qu'ils sont postérieurs à l'époque de l'arrivée des Brahmanes dans le Décan. Mais ces dialectes diffèrent du sanscrit, et dans les mots et dans les formes grammaticales; et, dès-lors, il faut en conclure qu'ils sont antérieurs à l'introduction du sanscrit dans le sud de l'Inde, et l'histoire peut les admettre comme les témoignages irrécusables de l'existence d'un peuple anciennement établi dans la plus grande partie de la presqu'île indienne.

Ces indications nous ont conduits jusqu'à la limite la plus reculée, à laquelle la critique puisse parvenir sans crainte de se perdre. En effet, si elle a le droit d'interroger les langues, quand l'histoire ne lui répond plus, elle doit renoncer à l'espoir de trouver chez un peuple quelque chose d'antérieur à la langue qu'il parle. Mais, pour atteindre à cette limite, que de recherches à faire et de questions à résoudre? Explorer tous les monumens de la littérature sanscrite, les comparer entre eux, les classer autant que cela est possible; puis, quand on aurait reconnu que ces monumens ne sont encore que ceux de la nation qui a donné à l'Inde ses croyances et ses lois, et que cette nation n'est pas la seule dont on retrouve les vestiges dans ce pays, étudier les idiomes populaires, examiner s'ils offrent quelque affinité avec d'autres langues étrangères au continent indien; en un mot, joindre à la connaissance du sanscrit celle de quatre ou cinq autres dialectes, pour lesquels l'intelligence de l'idiome savant des Brahmanes n'est que d'un bien faible secours : telle est la suite des travaux auxquels il faudrait se livrer, pour composer une histoire littéraire et philosophique de l'Inde, qui méritât de prendre place parmi les grandes compositions historiques de notre époque. Quand même tous les détails de ce plan auraient été éclairés par deux siècles de recherches et de labeurs, il serait encore bien difficile à un seul homme d'en embrasser l'ensemble. Mais, lorsqu'on voit des savans comme les Colebrooke et les Wilson, entourés de tous les secours que peut accumuler un long séjour dans l'Inde, profondément versés dans la connaissance de nombreux idiomes, des hommes auxquels aucune branche des connaissances humaines n'est restée étrangère, s'abstenir de toucher à ce magnifique sujet, on peut affirmer qu'il surpasse les forces d'un seul homme, et que le temps n'est pas encore venu, où il sera permis d'en essayer même l'esquisse. Ce n'est pas que ces savans célèbres, et que, sur le continent, les Schlegel et les Lassen, les Bopp et les Humboldt, aient renoncé à jamais connaître l'Inde, pour laquelle leurs ouvrages ont déjà tant fait. Mais ces hommes, auxquels les sciences historiques et philologiques seront à jamais redevables des plus intéressantes découvertes, ont compris qu'il fallait s'avancer d'un pas régulier dans cette carrière nouvelle. Ils ont voulu appliquer à l'étude de l'Inde les procédés d'investigation qui ont porté si loin la connaissance de l'antiquité classique, aux xvie et xviie siècles; et il faut dire à leur gloire que, de tous les travaux dont ce pays a été l'objet, ceux qui ont été dirigés dans cette voie sûre de la critique, sont encore les seuls qui aient porté de véritables fruits.

Quant à nous, messieurs, nous, venus après ces hommes illustres pour profiter de leurs leçons et nous éclairer de leurs exemples, nous n'aurons pas la présomption de tenter ce qui, sans doute, est impossible, puisqu'ils n'ont pas osé l'entreprendre. Nous nous rappellerons les enseignemens du savant maître qui nous a précédé dans cette chaire; et nous ne perdrons pas de vue que, si nous apportons tous ici le desir de connaître l'antique civilisation des Brahmanes, le moyen le plus sûr pour y parvenir est de rester fidèles à la destination de ce cours, et de consacrer tous nos soins à en apprendre la langue. C'est donc à l'étude de la langue sanscrite que nous appliquerons ensemble ce que nous avons de constance et de zèle. Au lieu d'esquisses ambitieuses et condamnées long-temps encore à rester incomplètes sur l'histoire et la littérature des Indiens, nous analyserons l'idiome savant dans lequel ce peuple original s'est exprimé, nous lirons les monumens immortels qui attestent son génie, et nous nous consolerons d'avoir renoncé pour un temps à vous présenter le tableau des merveilles qu'il a créées, par l'assurance d'avoir contribué à vous mettre en état d'en tracer vous-mêmes quelques traits. Osons le dire cependant : si ce cours doit être consacré à la philologie, nous n'en bannirons pas pour cela l'étude des faits et des idées. Nous ne fermerons pas les yeux à la plus éclatante lumière qui soit jamais venue de l'Orient, et nous chercherons à comprendre le grand spectacle offert à nos regards. C'est l'Inde, avec sa philosophie et ses mythes, sa littérature et ses lois, que nous étudierons dans sa langue. C'est plus que l'Inde, messieurs, c'est une page des origines du monde, de l'histoire primitive de l'esprit humain, que nous essaierons de déchiffrer ensemble. Et ne croyez pas que nous promettions ce noble but à vos efforts dans le vain désir de demander pour nos travaux une popularité qu'ils ne peuvent avoir. C'est en nous une conviction profonde qu'autant l'étude des mots, s'il est possible de la faire sans celle des idées, est inutile et frivole, autant celle des mots, considérés comme les signes visibles de la pensée, est solide et féconde. Il n'y a pas de philologie véritable sans philosophie et sans histoire. L'analyse des procédés du langage est aussi une science d'observation; et si ce n'est pas la science même de l'esprit humain, c'est au moins celle de la plus étonnante faculté à l'aide de laquelle il lui ait été donné de se produire.

EUGÈNE BURNOUF.

IMPRIMÉ CHEZ PAUL RENOUARD, RUE GARENCIÈRE, N. 5.